KLAUS ZEH
FANAD

Eine Geschichte wie das Meer.

Wild und sinnlich – zornig und rau.
Etienne und Sander sind ein ungewöhnliches Liebespaar.
An einem Wintermorgen erreichen sie die Halbinsel Fanad.
Doch schon bald nach der Ankunft gerät Sander in die unausweichliche Wirklichkeit seiner schlimmsten Träume.

Klaus Zeh, Jahrgang 1965, ist Schriftsteller, Musiker und Liedermacher. Er lebt in Reutlingen. Seit 2015 setzt er sich künstlerisch und privat gegen Menschenhandel, Zwangsprostitution und sexuelle Gewalt an Kindern ein. Er ist Gründer der Initiative Kunst.GEGEN.Kinderhandel und Fördermitglied bei diversen Menschenrechtsorganisationen.

Schon zu Beginn seiner schriftstellerischen Tätigkeit hat sich der Autor gegen die Veröffentlichung im herkömmlichen Verlagswesen entschieden. Ihm ist es ein großes Anliegen, seine künstlerische Unabhängigkeit sowie die Rechte an seinen Werken zu behalten.

Auf Instagram und Facebook finden Sie Klaus Zeh unter:
klauszeh.autor

Alle Werke des Autors sind auf der letzten Buchseite verzeichnet.

Klaus Zeh

Fanad

Ein Aquarell in Worten

Bibliographische Information der Deutschen Nationalbibliothek:
Die Deutsche Nationalbibliothek verzeichnet diese Publikation in der Deutschen Nationalbiblio-
graphie; detaillierte bibliographische Daten sind im Internet über
http://dnb.d-nb.de abrufbar.

© 2022 Klaus Zeh
Herstellung und Verlag: BoD – Books on Demand, Norderstedt
Layout und Umschlaggestaltung: Adeline
ISBN: 9783754316856

Kaum hatten wir Treibholz gesammelt, Feuer gemacht
Und unsern Kessel aufgehängt wie eine Feste,
Zerschellte uns die Insel wie eine Woge.

Seamus Heaney
(Die verschwindende Insel)

Für A.

Und denen,
die auf dem Weg sind.

Die Halbinsel

Selbstmordwetter, knurrte Sander.
Und warf ihr einen Seitenblick zu.

Rase bitte nicht so, entgegnete sie.

Sie mochte es nicht, wenn er solche Scherze machte.
Über Dinge, die für sie unantastbar waren.

Der Himmel ist so grau, dass einem Angst und Bange wird,
brummte er.
Bange?, sagte sie.
Und zwang sich nicht zu lächeln.

Sieh dir dieses Wetter doch einmal an, schimpfte er, da
möchte man sich doch am Liebsten vor einen Zug schmei-
ßen.

Ihre Augen wurden traurig.

Er bemerkte es nicht.

Nicht einmal Gott könnte dieses Grau durchbrechen!, rief
er.

Gott?, sagte sie nach einer Weile.
Sie wischte sich über die Augen.
Und meinte: Traust du ihm so wenig zu?

Ich traue ihm alles zu, das ist es ja gerade, brummte er.

Sie starrte aus dem Beifahrerfenster.

Rhododendron-Hecken säumten die schmale, gewundene Piste.

Diese sich schlängelnde Straße.

Die seit einigen Minuten ins Herz der Halbinsel vordrang.
Unübersichtlich und kurvenreich.

Dann wieder wucherte überall Oleander.
Bunt und wild.
Ausgelassen beinahe.
Auch zwischen mannshohen lindgrünen Farnwäldern.
Sein Fluidum verströmend.

Von Zeit zu Zeit ragte die Ruine eines Cottages aus den Farnwäldern hervor.
Verfallen und efeuberankt.

Freistehende Stirnwände.
Steinstümpfe hier und da.
Zerbröckelnde Fassaden.
Hohläugige Fenster mit toten Blicken.
Schuttberge.

Und alles überwuchernder Ginster.

Warum blühte hier alles zu dieser Jahreszeit?
Wunderte er sich.

Zuvor, als sie auf die Halbinsel gefahren waren, begleitete sie minutenlang der oxydgrüne Atlantik.

Westliches Meer.

Weit und wunderbar ausgedehnt.
Bis zum Horizont.

Endloser Wellenteppich.
Ewiger Faltenwurf.

Wellenhimmel,
hatte sie geflüstert.

Sie sagte, schon jetzt liebe sie die Halbinsel.
Und war glücklich, dass sie beide genau *sie* für ihre Reise
ausgewählt hatten.

Verwunschen,
flüsterte sie erneut vor sich hin.

Was sagst du?

Sie blickte ihn stumm an.

Was hast du denn? Etienne?
Nichts, sagte sie, du fährst zu schnell. Ich möchte anhalten,
ein wenig durch die Farne gehen.

Er schaute verdutzt.
Durch die Farne?

Ja, warum denn nicht.

Etienne, ich möchte bei Tageslicht ankommen.
Wir sind doch nicht auf – sie überlegte – auf Gotland. Das ist
nur Fanad. Hast du auf der Karte gesehen, wie klein die
Halbinsel ist.
Du meinst, auf dem Navi.
Nein, ich meine, auf der Karte.

Er lachte.
Wer benutzt denn heute noch eine Straßenkarte?

Ich! Darf ich nun ein bisschen durch die Farne wandern oder muss ich aus dem fahrenden Auto hopsen?

Sander wandte sich ihr zu.
Du sollst auf die Straße schauen, wenn du Auto fährst, schimpfte sie.
Schon gut, schon gut, wir halten an.

Er bog auf einen kleinen Trampelpfad.
Und sagte grinsend: Dann lass uns durch die Farne wandeln.

Sie warf ihm ein vorwurfsvolles Augenzwinkern zu.
Blickte ihn dabei jedoch liebevoll an.

Fast schon flüchtete sie aus dem Wagen.
Strebte mitten durch die Farne hindurch, die den ganzen Hügel bedeckten.

Mit den Händen strich sie sanft darüber.
Dahingleitend.
Sehr behutsam.
Fast zärtlich.

Sander sog die Luft ein.
Fanad riecht wunderbar!, rief er ihr nach.

Aber sie wandte sich nicht um.
Sondern wanderte weiter den Hügel hinauf.

Er sah ihr sehnsuchtsvoll nach.
Beobachtete sie, ihren Gang.

Immer noch entlockte er ihm ein Lächeln.
Diese Mischung aus betontem Hüftschwung und federleichtem Dahinschreiten.

Als würde sie ein wenig über dem Boden schweben.

Dann verschwand sie.
Hinter dem Hügelkamm.

Wie schnell sie den Hügel erklommen hatte.
Das machte ihr keiner nach.
Auch er nicht.

Er nahm die Thermoskanne vom Rücksitz.
Goss sich Tee ein.
Das konnte dauern, dachte er.
Bestimmt stand sie nun oben und drehte sich genüsslich eine Zigarette.

Er grinste.
Die kleine Fee in ihrem Feenland.

Tatsächlich eine Art Märchenland.
Die passende Kulisse für einen Fantasyfilm.
Sollte im nächsten Moment ein Troll um die Ecke biegen, würde ihn das nicht im Geringsten wundern.
Zweifellos das schönste Stück irischer Norden, das er je gesehen hatte.

Und er hatte viel Irland gesehen.
Im Laufe seines Lebens.

Gerade hatte er die zweite Tasse Tee getrunken.
Als er spürte, dass er austreten musste.
Er trat einen Schritt vom Auto weg.
Und tat es gleich an Ort und Stelle.

Hey, das ist aber nicht die feine englische Art, sagte Etienne.

Sie stand plötzlich hinter ihm.

Er fuhr zusammen.
Und urinierte auf seinen linken Schuh.

Nun, guck dir die Sauerei an!, rief er.

Etienne lachte ihr lautes Lachen.
Jenes, mit dem quietschenden Ton am Schluss.
Und stieg ein.

Nun komm schon, rief sie, ich möchte ankommen, bevor es
dunkel wird!

Bed & Breakfast

Es wäre nicht Irland gewesen, wenn die Landschaft sich nicht mit einem Mal vollständig verändert hätte.

Rhododendron und Oleander verschwanden.
Auch die Farne.

Die Landschaft wurde weit.
Sehr weit.
Karg.
Und hügelig.
Sehr hügelig.

Doch sehr sanft.

Und immer grüner –
in allen verfügbaren Tönen.

Und braun.
Rostbraun, um genau zu sein.

Sinnlich, flüsterte Etienne.

Wie?
Er schaute sie fragend an.

Dieses Land, sagte sie, es ist sinnlich.
Er lächelte.
Sieh dir die Hügel an, meinte sie, diese Linien ... wie sinnlich sie sind.

So habe ich Irland noch nie betrachtet, meinte er, vielleicht hat mich gerade das vor einer Ewigkeit daran berührt und nie mehr losgelassen.

Sinnlich, wiederholte er nachdenklich.
Und ließ das Wort auf seiner Zunge zergehen.

Das habe ich gleich gedacht, als wir angekommen sind, meinte Etienne.
Seltsam, entgegnete er, dass ich selbst nie darauf gekommen bin.

Sie lächelte ihn an: Wo du doch so sinnlich bist ...

Vor ihnen weitete sich die Landschaft abermals.
Dehnte sich aus.
Ergoss sich nach Osten und Westen.
Wie ein welliges Tuch aus grünbrauner Seide.

Es waren keine Cottages, Bungalows oder Farmen mehr zu sehen.
Nicht einmal die obligatorischen Schafe, die das ganze Jahr über im Freien lebten.
Nirgendwo.

Nichts als einsame Weite.

Aber eine Einsamkeit, die kein Unwohlsein auslöste.
Oder gar bedrückte.

Er schwelgte: Ist es nicht wunderschön.
Das ist es, ganz wunderbar. So etwas Schönes habe ich noch nie gesehen, erwiderte sie.
Siehst du, ich hab es dir doch gesagt.
Du hattest recht, ich bin sehr froh, dass wir hier sind.

Er sagte, etwas feierlich: Deinetwegen, nur deinetwegen.
Ich danke dir!
Sie legte ihm die Hand auf den Schenkel.
Lächelte liebevoll.

Fanad ist ein Traum, sagte sie, und ich danke DIR.

Und vor allem ohne eine Menschenseele, betonte er, nur du und ich.

Sie schwieg.
Blickte aus dem Fenster.
Abgewandt.

Er rief: Dort vorne muss die Küste sein!

Der Himmel wirkte heller dort.
Wässriger.

Die schmale Piste wand sich in eine Talsenke.
Und führte tatsächlich zum Meer.

Er ließ die Scheibe ein wenig nach unten.
Hielt die Nase aus dem geöffneten Fenster.
Und rief: Na klar, ich kann es riechen, wir sind gleich da!

Etienne begann sich eine Zigarette zu drehen.
Schmunzelnd.

Aber du weißt schon, dass wir Winter haben, meinte sie, während sie das Papierchen anfeuchtete, das mit dem Schwimmen musst du dir gut überlegen.

Er warf ihr einen vielsagenden Blick zu.

Gerade wollte er etwas erwidern.

Mitten in einer scharfen Linkskurve.
Als ein Hinweisschild zu einem Bed & Breakfast auftauchte.
Direkt am Straßenrand.
Und unmittelbar danach die Einfahrt zu einem Schotter-
parkplatz.

Er stieg auf die Bremse und bog ab.
Unter den Reifen spritzte der Kies hervor.
Sie schossen auf den Parkplatz.

Was sie sahen, wirkte wie die Kulisse zu einem amerikani-
schen Film.
Hollywood.
1950er oder 1960er Jahre.

Das Haus:
Kneipe und B&B in einem.

Mit Wintergarten,
breiter Veranda,
gänzlich verglast,
und mit marodem Vordach.
Alles hatte schon bessere Zeiten erlebt.

Eine verwaiste Terrasse schweifte weit aus.
An ihr schienen Erinnerungen unzähliger vergangener
Sommer zu haften.

Aber wurde es hier oben überhaupt jemals wirklich
Sommer?
So weit nördlich.

Im Wintergarten schimmerten eine Handvoll Lampions.
Bunt und altmodisch.

Hinter den verwaschenen schmutzigen Glasfronten blieb es still.
Nichts auszumachen.
Nicht die geringste Bewegung.

Eingefrorenes Standbild ...
... dazu der leere Parkplatz.

Hierher verirren sich um diese Jahreszeit keine Touristen, grinste er, Fanad gehört uns.

Das Haus befand sich auf einer winzigen Anhöhe.
Schien auf seine Art den Gezeiten und dem Wandel der Welt getrotzt zu haben.
Und tat es wohl noch immer.

Über der Kneipe mussten sich die Gästezimmer befinden.
Hinter großen, angelaufenen Fenstern.
Die vom Boden bis zur Decke reichten.

Sie parkten und stiegen aus.

Ob die überhaupt geöffnet haben, bemerkte Sander, sieht völlig verlassen aus, und schon ein bisschen runtergekommen, findest du nicht?
Hier ist die Zeit stehengeblieben, das ist alles, sagte Etienne, ein Ort irgendwo im Nirgendwo, gefällt mir, lass uns bleiben.

Sie nahm einen Zug von ihrer Zigarette.

Drinnen:
Alles mit billigem Linoleum ausgelegt.
Fahl und fleckig.
Schummrig.
Alt.

Hinter einer Milchglastüre befand sich das Pub.

Sie standen im Eingangsbereich zur Pension.
Wartend.
Schauten sich neugierig um.

Im Wintergarten waren die Frühstückstische für den nächsten Morgen schon hergerichtet.
Nicht mit viel Sorgfalt jedoch.

Für welche Gäste?

Rot-weiß-karierte Tischtücher lugten unter fleckigen
Wachstüchern hervor.
Kinkerlitzchen aller Art und Porzellan-Nippes bevölkerten
Tische und Simse.
Auf jedem Tisch eine brennende Kerze.
In einem vergilbten Glas.

Aus der Zeit gefallen, schmunzelte Sander.

Etienne meinte: Wir sind wohl doch nicht die Einzigen.
Sie deutete zu den Frühstückstischen.

Schade, entgegnete er.
Und rümpfte missbilligend die Nase.

Zimmer 12

Drück mal die Klingel, sagte Etienne.

Ihr Blick wies zu einer silbernen Klingel auf dem Tresen. Doch bevor er reagieren konnte, wurden sie von einem grauhaarigen Mann begrüßt.

Er trat gewissermaßen hervor.
Schien von hinter einem Vorhang zu kommen.
Stand plötzlich neben ihnen.
Wie hatte er das bewerkstelligt?

Er trug einen gestrickten mausgrauen Rollkragenpullover.
Marke: Aran Islands.
Und speckige weite Fischerhosen.

Er lächelte.
Spuckte ein paar Brocken schwerfälliges Deutsch aus.
Bemüht und holprig.
Schwenkte dann aber auf Englisch um.

Etienne kam sofort mit ihm ins Gespräch.
Sie scherzte und lachte.
Ihr Englisch war großartig.

Der Mann ließ sich gleich anstecken.
Schien ihre offenherzige Art zu genießen.

Und erzählte, dass er schon seit vierzig Jahren dieses B & B samt Bar führte. Aber dass die Zeiten schlecht geworden seien fürs Geschäft. Ein paar Einheimische kämen abends noch ins Pub, mehr nicht.

Zimmer 12 wäre frei, meinte er abschließend. Und sie könnten es für drei Tage haben.

Wir nehmen es, lächelte Etienne.

Beide eilten nach draußen.
Holten ihre Rucksäcke aus dem Kofferraum.

Sander deutete zum Pub hinauf.
Sagte: Ob der mich auch für deinen Vater hält.

Warum sollte er, entgegnete Etienne.
Das tun sie doch alle.
Ach, dann lass sie eben denken. Sollen sie doch.
Es stört mich aber.
Sie lächelte: Mich nicht!

Sie warf ihre Arme um ihn.
Auf diese ganz bestimmte Art.
Und gab ihm einen zärtlichen Kuss.

Diese Lippen,
dachte er.

Wirklich schön, dass wir hier sind ... auf Fanad, sagte sie, ich freue mich so.

Er machte eine weit ausholende Geste.
Es ist fantastisch, sieh dir das alles doch einmal an!

Doch Etienne war schon weg.
Erklomm die Außentreppe.
Behände und mit raschen Schritten.

Hey, wieso wartest du nicht auf mich!, rief er ihr nach.
Komm schon, Sandi, trödel nicht so herum!

Im dunklen Treppenhaus herrschte muffige Enge.
Der altrosafarbene Teppich auf der Treppe wellte sich.
Einige Stufen waren Stolperfallen.

Hoffe, die Zimmer sind in besserem Zustand, meinte er.
Etienne versicherte, dass alles schön sein würde.

Und sie sollte recht behalten.

Das Zimmer lag zwar zum geschotterten Parkplatz.
Doch durch die breite Fensterfront sah man bis zur Küste
hinüber.

Wo die Halbinsel ans Meer stieß.

Schieferfarbenes Wogen.

Siehst du, meinte Etienne.
Du hast recht, es ist großartig, sagte er, stimmungsvoll, wie
in einem alten Streifen. Wir werden uns hier wohlfühlen.
Mein Gott, ich sehe das Meer, Etienne, komm her, das musst
du sehen!

Das werden wir, sagte sie, komm zu mir.

Er wandte sich um.

Sie lag im Bett.
Lächelte ihm vielsagend zu.

Sein Blick erhellte sich noch mehr.
Er hatte nicht bemerkt, dass sie sich entkleidet hatte.
Und ins Bett geschlüpft war.

Weißt du, dass du wunderschön bist, sagte er.
Sie lächelte nur und streckte ihre kleine Hand nach ihm aus.

Komm, sagte sie leise.

Später schmiegte sie sich in einen der beiden Polstersessel.
Jener, der nahe beim Fenster stand.
Und drehte sich eine Kippe, die Bettdecke um sich geschlungen.

So, wie sie es auch Zuhause immer machte.

Du weißt schon, dass du hier drinnen nicht qualmen darfst, warf Sander ein.
Sie lächelte: Du wirst mich doch nicht verraten ...

Möchtest du malen?, fragte er.
Nachdem er sie eine ganze Weile beobachtet hatte.

Wieder einmal hatte er gegrübelt, was an ihr ihn so faszinierte.

Und war, wie immer, auf Vieles gestoßen.
Es gab nicht nur die *eine* Handvoll Gründe.
Er liebte sie einfach für alles, was sie war.

Selbst für das, was sie nicht war.

Seit einem Jahr waren sie nun zusammen.
Und er war noch immer leidenschaftlich verliebt in sie.

Sie blies den Rauch gegen das Fensterglas.
Und meinte, dass sie nicht malen wolle.

Wie eine Erscheinung war sie vor ihm gestanden.
Vor einem Jahr.
Plötzlich, ganz unvermittelt.

Im Türrahmen seines Tonstudios.

Und hatte ihn angelächelt.
Mit einem Lächeln, das selbst das dunkelste Verlies erhellen konnte.

Ihre Demo CD hatte ihn umgehauen.
Ihre Stimme.
Ihr Gesang.
Ihre Art zu intonieren. Zu Phrasieren.

Schon der erste Song hatte ihm die Kehle zugeschnürt.
Kurze Zeit später haben sie begonnen gemeinsam Musik zu machen.

Und Songs zu schreiben.

Warum möchtest du nicht malen, du bist in Irland?
Ich fühl es nicht, antwortete sie.
Und zog an ihrer Kippe.

Licht und Landschaft alleine inspirieren dich nicht?
Welches Licht?, grinste sie.

Das verwölkte irische Licht, entgegnete er.
Ebenfalls grinsend.

Sie sagte: Nein, ich muss es fühlen.

Und wenn du es monatelang nicht fühlst?
Dann male ich monatelang nicht.
Wie willst du so Künstlerin werden?
Ich bin es doch schon.

Er schwieg.

Setzt du dich etwa ans Klavier und komponierst, auch wenn du keine Musik in dir hörst?, fragte sie einige Augenblicke später.

Ich versuche es zumindest, sagte er.

Sie blickte ihn fragend an: Und?

Manchmal spiele ich ein paar Akkorde oder Kadenzen ... manchmal wird etwas daraus. Ich bin nicht so derjenige, der erst von der Muse geküsst werden muss, dass etwas Kreatives entsteht. Manchmal kann ich es herausfordern, erzwingen.

Ich nicht, entgegnete sie, so funktioniert es bei mir nicht, so funktioniere ich nicht. Ich weiß nicht einmal, ob das überhaupt noch Kunst ist oder nur Handwerk.

Urteile nicht so hart, erwiderte er, natürlich ist das Kunst. Obwohl ich nicht so weit gehen würde und behaupten, dass selbst ein einzelner Pinselstrich Kunst ist ... wenn du weißt, was ich meine.

Sie nickte geistesabwesend.

Und raunte, dass es dunkel würde.
Auf ihrer Stimme lag eine Art Belag.

Dann verfiel sie in ihr Schweigen.

Er kannte es nur zu gut.
Ihr jetzt eine Frage zu stellen ... sinnlos.

Ich habe Hunger, sagte er nach einer Weile.
In ihr Schweigen hinein.
Das ihm wie eine Ewigkeit vorkam.

Und fragte: Sollen wir schauen, ob es unten Pommes gibt?

Ich möchte nichts essen, meinte sie.
Du willst nur rauchen, du solltest lieber etwas essen.

Hör auf damit, murrte sie, du weißt, dass ich es nicht leiden kann.
Ich mache mir nur Sorgen.
Ich will nicht, dass du dir Sorgen machst, es ist allein meine Entscheidung.

Er zog sich an.

Schweigend.
Missmutig.
Grüblerisch.

Ich soll dir also keine Pommes mitbringen?

Sie antwortete nicht.

Jetzt befand sie sich in einer Stimmung, die unheilvoll war.
Auch das war ihm bestens bekannt.

Er hoffte, dass sie bei seiner Rückkehr wieder besserer Laune sein würde.
Denn das konnte ebenso gut passieren.

Er küsste ihre Stirn.
Und ihr Haar.
Behutsam.

Nahm einen tiefen Atemzug von ihrem Duft.
Schließlich musste die Dosis ausreichen, bis er wieder zurück war.

Dann flüsterte er etwas in ihr Ohr.

Was?

Sie blickte ihn gedankenversunken an.
Am Tonfall ihrer Stimme bemerkte er jedoch, dass sie schon jetzt nicht mehr so gereizt war.
Und spürte Erleichterung.

Was hast du gesagt?

Sie neigte den Kopf ein wenig.
Sah ihm in die Augen.

Er strich eine Haarsträhne hinter ihr Ohr.
Und flüsterte noch einmal: Willst du meine Frau werden?

Sie lachte kurz auf.
Sagte: Das bin ich doch schon.

Bevor er die Türe schloss, warf er noch einmal einen Blick auf sie.

Fast war sie im Dämmerlicht verschwunden.
Nur noch eine Silhouette.
Eins werdend mit den Wellenlinien der Bettdecke, unter der sie sich verbarg.

Lauf nicht weg, kleine Fee, sagte er.
Sie schürzte ihre Lippen und warf ihm einen Kuss zu.

Als er zurückkam, lag sie im Bett und schlief.
Sie lag abgewandt.

Er schlich ins Badezimmer und duschte.

Anschließend legte er sich zu ihr.
Schmiegte sich an sie.

Streichelte sie.

Sehr behutsam.

Wie ein Bildhauer strich er sanft über die Linien ihres dünnen Körpers.

Über die hervorstehenden Schulterknochen.
Die aufragenden Hüftknochen.
So, als modelliere er sie.

Durch das gekippte Fenster vernahm man die Brandung.

Das Meer ...

Unterbrochen nur von fernen,
heiseren,
wilden Schreien.

Möwen.

Er spürte in diesem Augenblick ein Glück, das ihm fast den Atem stocken ließ.

Lauschend auf ihren leisen Atem.
Der auch eine Art Brandung war.
Und vergrub sein Gesicht in ihrem langen Haar.

Spät erst schlief er ein.

Draußen war es längst dunkel geworden.
Stockdunkel.

War die irische Nacht über Fanad hereingebrochen.

Und über sie.

Das Meer

Wie immer erwachte er zuerst.

Sie schlief lange.
Dazu noch tief und fest.

Dennoch stieg er behutsam aus dem Bett.
Zog sich ebenso bedächtig an und griff nach einem Badetuch.

Leise öffnete er die Türe.
Trat vorsichtig in den Flur.
Und versuchte, die Zimmertüre ebenso leise wieder zu
schließen.

Im Treppenhaus hing der Duft von frisch gebrühtem Kaffee.
Gebratenem Schinken.
Und getoastetem Brot.

Von unten ertönte Musik.

Schallte durchs gesamte Treppenhaus.
Kam wahrscheinlich aus der Küche.
Wo der Hausherr gerade hantierte.

Gitarrenmusik.
Renaissance.
Mit keltischen Klängen verziert.

Ein Licht würde hier schon Wunder bewirken, dachte er.
Verärgert über die Dunkelheit in dem engen Treppenhaus.

Er gab sich Mühe, ungehört aus dem Haus zu schleichen.

Jetzt auf jemanden zu treffen, hätte alles zerstört.

Bei dem, was er vorhatte ...

Jemand näherte sich.
Er huschte rasch zur Türe hinaus.
Blieb ungesehen.
Atmete erleichtert auf.
Und eilte die Außentreppe hinab.

Auf dem Parkplatz wandte er sich um.
Blickte nach oben.

Die Vorhänge waren noch immer zugezogen.
Sie schlief also noch.

Der Himmel:
Noch immer ein Aquarell in verwaschenen Lichtgrautönen.

Hier und da mit dunklen,
bleiernen,
bauschigen Massen bedeckt.

Verwölkt, dachte er schmunzelnd.

Ein kalter Wind fuhr in die Rhododendron-Büsche.
Und bog die Dünengräser.
Die schmale Küstenstraße lag still und verlassen.

Er fragte sich, ob es hier draußen überhaupt noch andere Häuser gab.
Menschen.
Wohin er sah, wellenförmiges und weites unberührtes Land.

Er hastete am Straßenrand entlang.

Vor Kälte prustend.
Das Badetuch wie einen Schal um den Hals gewickelt.
Und rieb sich die Handflächen.

Dann entdeckte er den sandigen Weg, der die Dünen teilte.
Hastete ihn entlang.

Dem Meer entgegen.

Er konnte es riechen.
Spüren.
Auf der Haut.
In den Haarspitzen.

In der Seele.

Und traute seinen Augen kaum.
Stolperte fast auf den Strand.
Verharrte sprachlos.

Die Bucht war gewaltig.
Ausladend.

Der Strand immens.
Tief.

Gut und gerne zweihundert Meter bis zum Ufersaum.

Eine Postkartenbucht.

Das Meer rauschte.
Dröhnte.
Grollte.
Brandete.

Für ihn die Musik der Sehnsucht.

Die Gischt glitzerte silbern.
Und ultramarin.
Schillerte in Regenbogenfarben.
Wenn man genau hinsah.

Und er sah genau hin.
Immer.

Schaumkronen tanzten auf wogenden Wellen.

Unaufhörlich schoben sie sich ans Land.
Hinterließen Schaumbällchen.
Und Wasserrinnsale.

So weit man sah
feuchter,
glänzender,
ockerfarbener
Sand.

Möwen kreisten über ihm.

Unaufhörlich.
Segelten in Aufwinden.
Und schrien sich heiser.

Oder waren es längst.

Denn tagaus tagein riefen sie doch die Herrschaft über die
Winde aus.
Hinaus aus ihren heiseren Kehlen.
Ihren todbringenden Schnäbeln.

Spreizten die Flügel weit.
Oder schossen im Pfeilflug hinab.
Tauchten ein ins kalte Meer.

Nährten sich von ihm.
Wenn sie nicht am Strand umherstaksten und Müll fraßen.

Er zog Schuhe und Socken aus.
Danach seine restliche Kleidung.
Das Badetuch legte er zum Schluss auf die aufgestapelten Kleidungsstücke.

Dann rannte er los.
Nackt.

Über den harten,
eiskalten,
feuchten Sand.

Hin zum Meer.

Er brüllte vor Kälte.
Und vor purer Lebensfreude.
Vielleicht auch vor Angst vor dem eiskalten Wasser.

Mag sein auch vor lauter Erschrecken über sein Vorhaben.
Und vor dem Ungewissen.

Er rannte immer schneller.
Jagte dem Meer entgegen.

Der harte Sand schüttelte ihn durch.

Schmerzte in den Knien.
In den Hüften.
Im Rücken.
Sogar in den Kieferknochen.

Das Meer kam näher.
Endlich.

Der Wind nahm zu.
Blies kalt und gischtfeucht.
Und laut.
Zerrte und riss an ihm.
Eisig bald.

Das Brandungsgeräusch schwoll an.
Ohrenbetäubender Klang.

Herrliches Crescendo.

Musik.

Er brüllte.

Brüllte gegen Wind und Meer an.
Schrie, als er das Wasser berührte.
Als er die ersten Sprünge hinein machte.

Schrie noch lauter, als es bis zu den Knien reichte.

Niemals –
nie und nimmer hätte er es sich so kalt vorgestellt.

Er musste verrückt sein.
Nicht ganz bei Trost.

Wenn er es jetzt durchzog und tatsächlich tauchte, würde er wieder zwei drei Tage lang unentwegt Wasserlassen müssen.
Tag und Nacht.

Das alte Nierenleiden.
Ein Fluch!

Was solls, sagte er sich.

Und sprang.

Tauchte mit einem Kopfsprung unter Wasser.

... der alte wilde ungezügelte unbarmherzige große und mächtige Freund –
der Atlantik.

Der Unfall

Sofort nachdem er untergetaucht war, schoss er wieder aus dem Wasser.

Aufschreiend vor Schmerz.
Vor der grausamen Kälte, die an seiner Haut riss.
Sie zerschneiden wollte.
Zerreißen.

Er rannte zum Strand zurück.
Noch immer brüllend.

Rubbelte sich trocken.
Hüpfte von einem Bein aufs andere.
Prustend und zitternd.

Mit noch nassen, sandigen Füßen stieg er in seine Kleidung.
Und fluchte laut.
Er hasste Sand in den Klamotten.

Aber darauf konnte er jetzt keine Rücksicht nehmen.
Zurück, nur zurück wollte er.
Und heiß duschen.
So heiß, wie es die irischen Sanitäranlagen leider gar nicht ermöglichten.

Er rannte so schnell er konnte.

Etienne saß auf dem inneren Fenstersims.
Und rauchte zu einem winzigen Spalt geöffneten Fensters hinaus.
Als sie ihn entdeckte, winkte sie ihm zu.

Bei ihrem Anblick war es ihm schon nicht mehr so kalt.
Zumindest glaubte er das.

Er versuchte zurück zu lächeln.
Doch auf halbem Weg gefror ihm das Lächeln in den Mund-
winkeln.

Verdammt, rief er ihr zu, ich erfriere!
Sie tippte sich grinsend mit dem Zeigefinger gegen die
Stirn.

Er eilte ins Haus.
Polterte die Treppe hinauf.
Stürzte ins Zimmer.
Küsste sie und erzählte atemlos von seinem Tauchgang.
Sie verdrehte gespielt die Augen.

Mein Krieger, sagte sie.
Und lächelte liebevoll.

Er grinste stolz und verschwand im Badezimmer.
Hinter verschlossener Türe hörte sie ihn rufen: Wenn jetzt
kein heißes Wasser kommt, fackel ich die ganze Bude ab!

Dann das Schließen der Duschkabine.
Gleich darauf das Geräusch fließenden Wassers
Unterbrochen von Sanders wohligen Seufzern.

Als er zwanzig Minuten später aus dem Badezimmer kam,
war sie verschwunden.

Auf dem Kopfkissen lag ein Zettel.
Ihre Handschrift.
Die kleinen Häkchen überall, manche Großbuchstaben
eckig.

„Bin malen", stand da, „liebe Dich!"
Drei kleine Herzchen daneben.

Enttäuscht zog er sich an.
Nahm die Autoschlüssel und warf wütend die Zimmertüre
zu.
Jeder musste ihn nach unten stapfen hören.

Als er mit dem Wagen davonfuhr, stob der Schotter unter
den Reifen hervor.
Fast hätte er ein auf den Parkplatz fahrendes Auto ge-
rammt.
Englisches Kennzeichen.

Er wusste, dass er zu schnell fuhr.
Doch er wollte ans Head.
Dann nach Portsalon.

Und er wollte rasen!
Die Coast Road entlang.

Eigentlich hatte er die kleine Tour mit Etienne unterneh-
men wollen.
Aber die Künstlerin musste ja malen.
Jetzt doch!
Hatte sich wohl mit dem irischen Licht arrangiert.
Vielleicht sogar seinen Reiz entdeckt.

Bei ihr konnte man einfach nie wissen.
Nicht einmal sie selbst wusste das.
Sie selbst vielleicht am Allerwenigsten.

Aber genau dafür liebte er sie auch.

Ein Rätsel war sie.
Ein Geheimnis.

Er überlegte, ob er umdrehen und sie suchen sollte.

Aussichtslos.

Wenn sie eine Idee hatte, ein *Bild* sah, tauchte sie ab.
Verschwand in ihrer Innenwelt.
Lebte dann nur dort.

Faszinierend, auf eine Art.

Draußen wogte das Meer.
Unaufhörlich.

Winterstürme.
Eisiges Grün.

Nicht noch einmal würde er da hineinspringen.
Nicht um alles in der Welt.

Er raste die Küstenstraße entlang.
Stellte die Sitzheizung höher.
Bis zum Anschlag.

Noch immer fror er.
Eine Kälte von innen.

Er konnte die Augen nicht von den sattgrünen Hügeln nehmen.

Ein Grün wie pures Leben.
Wie Hoffnung.
Wie ein Versprechen.
Auf etwas, das man im Innern fühlte.
Und das man nicht erklären konnte.

Gott, behauptete Etienne.

Er nahm die Kurve zu schnell.
Viel zu schnell.

Und kaum, dass er wieder aus ihr hinausschoss, sah er den roten Wagen daliegen.

In all dem Grün.
Er hatte sich überschlagen
Lag auf dem Dach.

Er entdeckte die Frau, die kopfüber im Fahrersitz hing.
Reglos.
Ihre Haare hingen herab.
Wie Striche, kerzengerade.

Unter der Motorhaube quoll Rauch hervor.

Die Räder drehten sich.
Ins Leere.

Er stieg auf die Bremse.
Sprang aus dem Wagen.
Rannte über das samtweiche Gras.

Die junge Frau hing schräg im Gurt.
Blut und Speichel sickerten aus ihrem Mund.

Hallo! Können Sie mich hören! Hallo!

Er berührte vorsichtig ihre Schulter.
Sein Herz raste.

Er kroch ein Stück in den Wagen hinein.
Löste den Gurt.
Versuchte sie aufzufangen.

Zog sie vorsichtig heraus.
Ächzte.

Legte sie behutsam ins Gras.

Sie war nicht ansprechbar.
Hatte die Augen geschlossen.

Ihr Gesicht –
maskenhaft erstarrt.

Er schob den Ärmel ihrer Jacke nach oben.
Nahm keinen Puls wahr.

Ruhig bleiben, du musst ruhig bleiben!, ermahnte er sich.
Manchmal redete er mit sich selbst.

Er hielt sein Ohr nahe an ihren Mund.
Kein Atem.

Verdammt!, zischte er.
Panik brandete in ihm auf.

Was jetzt?
Starb sie?

War sie etwa schon tot?

Schnell legte er sie auf ihre rechte Seite und überstreckte ihren Kopf.
So, wie er es damals als Zivildienstleistender gelernt hatte.

Einen Augenblick später ging ein Ruck durch ihren Körper.
Ein leichtes Schütteln.

Sie röchelte.

Hustete.
Wollte die Hand heben.
Rollte unter geschlossenen Lidern die Augen.

Ruhig, ganz ruhig, sagte er, ich hole Hilfe.

Er zog sein Handy aus der Tasche.
Setzte den Notruf ab.

Mit einer Decke aus seinem Wagen versuchte er sie warm
zu halten.
Sprach mit ihr, bis er die Sirene wahrnahm.

Eine halbe Ewigkeit später.

Endlich, endlich wurde sie versorgt.
Routinierte Hände kümmerten sich.

Einige Minuten später schon sah er dem Krankenwagen
nach.
Wie er wieder davonraste.
Mit der jungen Frau an Bord.

Die Sirene heulte erneut über die grünen Weiten.
Lärmend.
Schreckte eine Handvoll Krähen auf.
Die krächzend davonflogen.

Es fuhr ihm durch Mark und Bein.
Erst jetzt spürte er den Schock.

Noch immer lehnte er benommen an dem Polizeiauto.
Das mit dem Krankenwagen gekommen war.

In seinen Ohren rauschte es.
Pochte es.

Bilder schossen durch seinen Kopf.

Jemand sprach mit ihm.

Was ... was redete der da?

Er versuchte den Uniformierten vor sich zu fixieren.
Dachte einen Moment: Ein rothaariger Bulle.
Und spürte ein Lächeln, das jedoch nicht im Mundwinkel ankam.

Wunderte sich.
Weil er sich selbst sprechen hörte.
Wie aus weiter Ferne jedoch.

Sehr, sehr weit weg.

Ein Gedanke wurde herangeweht.
Wie ein Blatt ... vom Wind.

Vielleicht hatte er der jungen Frau das Leben gerettet.
Vielleicht wäre sie ohne ihn gestorben.
Erstickt.
An ihrer eigenen Zunge.

Der Polizist fragte noch einmal, ob er in Ordnung sei.
Er starrte ihn an.
Versuchte erneut zu lächeln.

Die Frage zu beantworten fiel ihm nicht leicht.
Er stammelte.
Hinterließ schließlich seine persönlichen Daten.
Und den derzeitigen Aufenthaltsort.

Der Polizist bedankte sich und entließ ihn.
Ob er überhaupt fahren könne?

Er nickte.

Nach der Fortsetzung seiner Tour war es ihm allerdings
nicht mehr.
Er wendete den Wagen.

Wollte nur noch zurück.
Zu ihr.

Als er im Seitenfenster das Meer erblickte, liefen Tränen
aus seinen Augen.

Er bemerkte sie nicht.

Das leere Zimmer

Auf dem Parkplatz stand nur der englische Wagen.

Sander stürmte ins Haus.
Außer sich.
Polterte die Treppe hinauf.
Stürmte ins Zimmer.
Wollte ihr alles erzählen.

Erzählen, dass es keinen Zufall gab.
Dass alles vorherbestimmt war.
Gelenkt.

Aber war es das wirklich?

Stand er vielleicht noch immer unter Schock?

Zur richtigen Zeit am richtigen Ort.
Er, der wusste, dass man den Kopf überstrecken musste.
Ganz einfach.
Und so wirksam.
Er hatte es nie vergessen.

Dieser leichte Ruck durch ihren Körper ...
Dieses allumfassende Ruckeln ...
Dies Aufbäumen ...

Fast eine Geste der Auflehnung.

Als ob das Leben wieder in sie gefahren wäre.
Trotzig.
Aufbegehrend.

Natürlich nicht, würde Etienne sagen. Natürlich gab es keinen Zufall.
GOTT, würde ihre Antwort sein.

Aber wo war sie überhaupt?
Weshalb war das Zimmer schon wieder leer und verwaist?

Wusste sie denn nicht, wie sehr er sich sehnte.

Manchmal kam es wie ein Fieber über ihn.
Dies Sehnen.
Schlich in jeden Winkel seiner Seele.
Füllte alle Kammern aus.
Selbst die Dunkelste.

Und verrammelte die Türen zur Freiheit.

So war es nun mal.
Man musste es in Kauf nehmen.
Das war der Preis.

War es das?
Ging es nicht auch anders?

Er ließ sich aufs Bett sinken.
Starrte vor sich hin.
Biss auf seiner Unterlippe herum.

Versank in Grübeleien.

Er überlegte, ob er nach ihr suchen sollte.
Weit konnte sie ja nicht sein.
Mit Staffelei und Mal-Utensilien.

Aber wo?
Welchen braunen kargen Hügel hatte sie erklommen?

Welches saftig grüne Tal aufgesucht?

Farben einzufangen,
Himmel,
sogar Wind,
Licht,
ein Stück Welt –
all das auf Leinwand zu bannen.

Aber da stand ja alles!
In der Ecke.
Die Staffelei.
Und die beiden Koffer mit den Farben.

Wo war sie also?

Da vernahm er ihr Lachen!
Von irgendwo aus dem Haus.

Er zuckte zusammen.

Nein, nicht von irgendwo.
Von unten.

Sie musste direkt unter ihm sein.
Im Pub?

Saß sie etwa im Pub?

Er sprang auf.
Eilte aus dem Zimmer.
Hastete nach unten.
Und stolperte beinahe über eine der Teppichwellen.

Elende Treppe, dachte er.

Es brodelte in ihm herauf.
Er wusste, was jetzt mit ihm geschah.
Und war machtlos dagegen.

Ausgeliefert.

Da! Wieder ihr Lachen.
Wütend öffnete er die Türe zum Pub.

Zuerst war da nur Geruch.

Nach starkem Bier.
Nach uraltem Zigarettenqualm.
Aus einer Zeit, als hier noch geraucht werden durfte.

Der Qualm steckte in den Wänden.
Hatte sich in die Balken gefressen.

Und es roch nach gekochtem Fleisch und Gemüse.
Ein wenig auch nach ranzigem Fett.
Und nach menschlichen Ausdünstungen.

UND es roch nach ihr!

Doch vielleicht bildete er sich das nur ein.
Er war sich nicht sicher.

Vielleicht wollte er es auch nur so haben.

Der Engländer

Er entdeckte sie.

An einem kleinen rechteckigen Tisch sitzend.

Ein Mann saß bei ihr.
Berührte ihren Arm, während er über irgendetwas lachte.
Ein wenig übertrieben lachte.

Wahrscheinlich hatte sie in diesem Moment gescherzt.
Irgendein Bonmot.
Etwas Feinsinniges ... Geistreiches ...
Schwarzhumoriges.

Sie liebte schwarzen Humor.
Doch klug musste er sein.

Ihrem Gesprächspartner schien *sie* zu gefallen.
Das sah man.

Nicht nur an der Berührung ihres Armes.
Es war die Art, wie er sie ansah.
Anlächelte.
Anschmachtete.

Verdenken konnte man es ihm nicht.

Warum ließ sie die Berührung zu?
Wich nicht zurück?

In ihm stieg Hass auf.
Eine dunkle, unheilbringende Flut.

Er trat an den Tisch.

Der Mann rückte ein wenig von Etienne ab.
Ihre Blicke trafen sich.

Sie schaute auf.
Lächelte zaghaft.
Leicht verwirrt.
Und sagte: Liebling, das ist Kevin, er ist Maler ... stell dir vor.

Sander nickte nur.

Etiennes Blick verdunkelte sich.
Sie forderte ihn auf sich zu ihnen zu setzen.
Und ergriff seine Hand.

Doch er entzog sie ihr wieder.
Komm mit nach oben, ich muss dir etwas erzählen, brummte er.

Auf ihre Stirn stahl sich eine Falte.
Sie erwiderte: Liebling, wir sind gerade im Gespräch,
komm, setz dich zu uns.
Wozu?, entgegnete er.
Weil es vielleicht höflich wäre ... meinst du nicht auch.

Sie blickte ihn vorwurfsvoll an.
Sagte: Kevin besitzt eine Galerie in Liverpool.

Während sie sprach, schob sie ihm einen Stuhl heran.

Und fuhr fort: Kevin sagt, er würde gerne ein paar meiner
Bilder bei sich ausstellen.
Das kann ich mir gut vorstellen, erwiderte er, ohne sich zu
setzen.
Er spürte seine Gesichtsmuskeln zucken.

Und dazu sollst du vermutlich am Besten gleich selbst mit nach Liverpool kommen, um die Ausstellung persönlich zu begleiten, hab ich recht?

Sie schwieg.

Hat er deine Bilder denn schon gesehen?
Hab sie ihm auf dem Handy gezeigt.
Auf dem Handy? Und natürlich ist er begeistert, was?

Ja, sie gefallen ihm, meinte sie.
Der Typ kotzt mich an, zischte Sander.

Der Engländer reckte sich.
Spannte den Rücken.
Blickte Etienne fragend an.
Und nahm einen nervösen Schluck aus seinem Glas.

Dunkles, cremiges, sehr schaumiges Bier.
Was denn sonst ...

Sander nahm den starken Geruch des Biers wahr.
Die Ausdünstungen des Mannes.
Rümpfte die Nase.
Und nahm den Blick von ihm.

Er mochte kein Bier.
Und diesen Typen erst recht nicht.

Etienne erhob sich abrupt.
Mit einer entschuldigenden Geste Richtung Engländer.
Meinte, dass sie ihr Gespräch später fortsetzen könnten.
Und zog Sander Richtung Ausgang.

Das ist so peinlich und unangenehm, was soll er von dir denken, raunte sie.

Denkst du, das interessiert mich, erwiderte er.

Fenster ohne Landschaft

Sie warf die Türe zu.

Das Bild an der Wand neben der Türe verrutschte.
Die Jungfrau Maria bekam Schlagseite.
Der kleine blonde Jesus jedoch lag nun sehr waagerecht in ihren Armen.

Du bringst mich in eine unmögliche Situation, sagte sie.
Bei diesem Typen da unten?
Dieser Typ ist Maler und Galerist. Er hat Interesse …
An dir!, bellte Sander.
An meinen Bildern!, fuhr sie auf.

Und deshalb betatscht er dich?
Das hat er doch gar nicht.
Und ob. Gerade, als ich reingekommen bin.
Das bildest du dir ein.
Und du lässt es dir gefallen. Warum?
Das tu ich nicht! Nie!

Einen Moment lang schwiegen beide.

Eine Ausstellung in Liverpool, das ist eine Chance, Sander.
Habt ihr schon besprochen, wann du hinfahren wirst?
Wahrscheinlich willst du gleich mitgehen, oder nicht.

Ihr Blick wurde dunkel.
Traurig.
Erstarrte.

Wir haben noch nichts besprochen, und so etwas schon gar nicht.

Du lügst, sagte Sander.

Ich lüge dich nicht an.

Nein, du verheimlichst nur.

Du weißt genau, warum ich es damals getan habe. Wie lange willst du mir das noch vorhalten?

Die Stimmung kippte.

Wurde bedrohlich.

Unheilvoll.

Der veränderte Blick ihrer Augen verriet es.
Der gewisse Tonfall in ihrer Stimme.

Aber er hielt es nicht auf.

Könnte er überhaupt?
War er nicht völlig machtlos dagegen?
Wehrlos?

Wie gegen alles.

Leben oder Tod.
Alles oder nichts.
Ganz oder gar nicht.
Leidenschaft oder Lethargie.

Er war fast irrsinnig vor Wut.
In diesem Moment.

Und schlug mit der Faust gegen die Wand.
Ebenso irrsinnig fast der Schmerz im Handgelenk.

Der Hass wollte verebben in diesem stechenden Schmerz.
Einen Moment lang nur.

Aber schaffte es nicht.
Ein Rest blieb.

Genug, um weiter zu kämpfen.

Genug, um verzweifelt zu bleiben.

Haltlos.
Zornig.
Verbittert.
Enttäuscht.

Genug, um nur eines zu wollen –
Trost.

Er trat vor die Fensterfront.
Allerdings ohne nach draußen zu schauen.

Sein Blick ging nach innen.

Draußen gab es nichts mehr –
für ihn.

NICHTS.

Im Innern nur:
Weites ödes Land.
Brachland.
Einsam.
Verlassen.

Ein Sturm ging darüber.
Wütete.
Regelrechte Feuerbrunst.

Später:

Wo man hinsah, nichts als Asche.

Er irrte weiter –
immer weiter.

Irrte in sich umher.
Ziellos.

Dann:
Eiswüsten.
Und ein Horizont, der einfror.

Er wendete sich um.

Blickte sie böse an.

Sagte: Du willst mich alleine lassen wegen diesem sommersprossigen Pilzkopf da unten, diesem Idioten.

Wenn, dann wegen einer Ausstellung in Liverpool, entgegnete sie, aber doch nicht jetzt.
Darum gehts dir also?
Ich will dich nicht alleine lassen, Sander, du kannst gerne mitkommen.

Er grinste hämisch.
Fuhr zornig auf: Du hast ihm deine Bilder gezeigt, zwei mal zwei Zentimeter auf deinem Handy, und er will gleich eine Ausstellung mit ihnen machen. Der will dir nur an die Wäsche, Etienne.

Sie erhob die Stimme: Aber nein, das will er nicht! Du musst doch zugeben, dass es eine echte Chance wäre. Siehst du das nicht auch so? Eine Ausstellung in Liverpool …
Du kennst ihn doch gar nicht, weißt nichts über seine Absichten. Du bist so unfassbar naiv!

Geh, sagte sie, lass mich alleine!

Doch er ging einen Schritt auf sie zu.

Bellte zornig: Sind wir etwa nach Fanad gekommen, damit ich dich mit diesem Vollidioten nach Liverpool ziehen lasse. Ich werde dich nicht gehen lassen. Und ich werde jetzt auch nicht verschwinden.

Sie verkroch sich in sich.
Schutz suchend.

Er sah Tränen in ihren Augen.

Etwas trat zwischen sie.
Wie ein Riss.
Ein Abgrund.

Ohne Brücke.
In diesem Moment.

Sein Blick veränderte sich.

Sie wusste, was er bedeutete.

Nicht jetzt, sagte sie. Nicht so ... in dieser Stimmung.
Gerade jetzt, erwiderte er, bitte.

Und kam näher.

Etienne

Dämmerung.

Die Fensterfront,
beschlagen.

Aus dem Pub ertönte gedämpfte Musik.
Irish Folk.
Instrumental.
Dazu leises Stimmengewirr der Gäste.

Wie lange hatte er geschlafen?

Er spürte die Wärme unter der Bettdecke.
Und zog sie bis zur Nasenspitze.

Kuschelte sich ein.

Fühlte sich klein.
Wie damals –
als Kind.

Nahm Etiennes Geruch wahr.
Lächelte.

Doch der Platz neben ihm war leer.
Ihr Geruch haftete an *ihm*.

Herrlich, dachte er.
Und spürte die Liebe zu ihr.

Wunderbarer Moment.
Erfüllend.

Doch wo war sie schon wieder?

Er rief nach ihr.
Richtung Badezimmer.

Keine Antwort.

Hockte sie etwa schon wieder mit diesem Pilzkopf zusammen?

Der Typ hatte seinen Köder ausgeworfen.
Vielleicht sollte er ihm die englische Visage polieren.

Aber am Ende saß er noch dafür ein.
Irischer Knast.
Wegen eines Engländers!
Mehr Witz konnte man sich gar nicht ausdenken.

Mistkerl, dachte Sander.

Schwang sich aus dem Bett.
Zog sich rasch an.
Und trat ans Fenster.

Auf dem Parkplatz stand als einziges nur noch ihr eigenes Auto.

Er begann zu grübeln.
Rieb sich das stoppelige Kinn.
Und ließ seine Augen durchs Zimmer schweifen.

Entdeckte Etiennes Handcreme auf dem Nachttisch.
Aber der Gedichtband fehlte.
In der Ecke noch immer ihre Mal-Utensilien.
Unberührt.

Vielleicht wollte sie das Meer malen?

Und für Staffelei und Farben hatte die Zeit nicht gereicht.
Das Licht wich schnell aus der Bucht.

Vielleicht hatte sie nur ihren Skizzenblock dabei.
Und die Handvoll Bleistifte.
Oder nur ihren Füller.

Er zog Jacke und Schuhe an.
Hatte es mit einem mal eilig.

Die Sehnsucht nach ihr ließ ihn die Treppe hinab poltern.

Im Pub war sie nicht.
Die wenigen Gäste blickten ihn einen Moment lang an.
Und widmeten sich wieder ihren Gesprächen.

Er hetzte aus dem Pub.

Rannte los.

Quer über den Parkplatz.
Über die Straße.
Hin zu dem Dünenweg.

Heftiger Wind, der ihm entgegenschlug.
Ihn aufhalten wollte.
Bremste.
Doch er stemmte sich dagegen.

Rannte weiter.
Atmete tief.
Und schwer.

Hatte nur ein Ziel.

Wollte sich bei ihr entschuldigen.
Sie umarmen.
Küssen.

Sie, Etienne.

Die Bucht

Er erschrak, als er den Strand erreichte.

Vom Meer her blies es eiskalt.
Winteratem.

Er schlug den Kragen seiner Jacke auf.
Fröstelte.

Die Bucht machte ihm Angst.
In diesem Augenblick.

Ihre Einsamkeit.
Ihre Weite.
Ihre Kälte.

Seine Nase lief.
Er fuhr mit dem Ärmel darüber.
Kniff die Augen zusammen.
Spähte von links nach rechts.

Heftete den Blick auf die Felsbrocken.

Vielleicht hockte sie dort.
Und zeichnete.
Verrückt genug dafür war sie ja.

Doch er entdeckte sie nirgendwo.

Sand wirbelte umher.
In Schleiern.
Unmittelbar über dem Boden.
Beinahe gespenstisch.

Als er sich schon zum Gehen wandte, sah er etwas.
Ganz vorne.

Nahe am Meersaum.

Er ging los. Darauf zu.
Frierend.
Stemmte sich erneut gegen den Wind.
Die Hände tief in den Hosentaschen vergraben.

Vor Schreck hielt er inne.

Sah, dass es ihre Schuhe waren.
Die dunklen, gerade so über die Knöchel reichenden Stiefel.

Warum standen sie hier?

Am Rand der Halbinsel.

Gerade, als er das Paar Schuhe erreichte, wurde einer von
beiden fortgespült.
Der rechte.
Vom Ausläufer einer Welle.
Fortgetragen.

Hinein ins Meer.

Sander lief ihm nach.

Geriet bis zu den Knien ins Wasser.
Fuhr zusammen wegen der grausamen Kälte.
Griff nach dem Stiefel.

Etienne, sagte er laut.

Zurück am Strand rief er nach ihr.

Jämmerlich frierend.
Zitternd.

Rief ihren Namen.

Drehte sich im Kreis.
Wirbelte herum.
Schrie.
Stolperte beinahe.
In der Hand den triefenden Stiefel.

Seine Knie gaben nach.
Er sank zu Boden.

Und blickte auf die
grollende,
wütende,
alles verschlingende
schwarzgrüne
See.

Er würgte.
Und erbrach sich.

Sofort wurde sein Erbrochenes fortgeschwemmt.
Mit einer Handvoll Salzwasser fuhr er sich über den Mund.
Noch immer aufs Meer starrend.

Seine Lippen formten ihren Namen.
Immer und immer wieder.

Er hörte seine eigene Stimme.
Als trüge der Wind sie heran.

Hörte sich selbst sprechen:

Etienne ... Etienne.

Die Suche

Seine Schritte erschallten.
In dieser Stille.

Hallten wider von den einsamen Hügeln.

Patschten schwer und nass.
Als er zurückrannte.
In jeder Hand einen Stiefel.

Auf dem Parkplatz stand noch immer nur ihr eigener
Wagen.

Er lief ins Haus.
Hinterließ nassen Sand auf der Treppe.

Schleppte ihn auch ins Zimmer.
Durchsuchte es.
Panisch.
Verzweifelt.

Sein Herz schlug wild.
Raste.
Überschlug sich.

Selbst seine Schläfen pochten.

Er riss sämtliche Schubladen auf.
Schranktüren.
Auch im Badezimmer.

All ihre Sachen waren noch da.
Auch ihr Rucksack unter dem Bett.

Ihr Handy lag in der Nachttischschublade –
ausgeschaltet.

Wo war sie?

Und warum hatten ihre Schuhe am Strand gestanden?

War das etwa einer ihrer skurrilen Späße?

Er jagte nach unten.
Traf den Besitzer im Pub an.
Im nun leeren Schankraum.
Er sagte, er habe Etienne nicht weggehen sehen.

Sander erkundigte sich nach dem Engländer.

Abgereist –
alleine.
Meinte der Pubchef.

Sander musste sich einen Moment setzen.
Wurde kreidebleich.

Hetzte wieder nach oben.
Zog trockene Sachen an.
Fahrig.
Fast außer sich.

Stürmte ans Fenster.

Seine Atmung ...

Was war los mit ihm?
Kollabierte er gleich?
In seinen Ohren rauschte es.

Er blickte nach draußen.

Hinter dem Meer kroch die Nacht herauf.

Pechschwarz.

Das Licht verschwand.
Wurde aufgefressen.
Bald würde es völlig dunkel sein.

Stockdunkel.

Er rannte aus dem Haus.
Lief über die Wiesen.
Hügel hinauf.
Wieder hinab.

Rief nach ihr.
Schrie sich heiser.

Die Angst wuchs.
Je dunkler es wurde.
Die Verzweiflung wuchs mit.

Als es Nacht war, hatte er sich verlaufen.

Verirrt.

Er wusste nicht mehr, wie weit er gelaufen war.
Wie lange.
Und wie weit weg vom Haus er sich befand.

Und von ihr.

Eine Armbanduhr trug er schon seit mehr als dreißig Jahren nicht mehr.

Und sein Handy befand sich nicht in seiner Hosentasche.

Hatte er es verloren?
Im Hotel vergessen?

Er konnte sich nicht erinnern.

Wo steckte Etienne?

War sie überhaupt noch hier?
In der Nähe?
In seinem Leben?

Bei ihm?

Vielleicht war ihr etwas zugestoßen.
Irgendwo dort draußen.

Er versuchte sich an den Sternen zu orientieren.
Erfolglos.

Nirgendwo ein Licht in der Ferne.

Warum zum Henker gab es weit und breit kein einziges Haus mehr.
Ängstlich hingeschmiegt unter irgendeinen Hügel.

Diese schrecklichen Hügel.
Die immer dunkler wurden.
Farbloser.
Nein, schwärzer.
Unheimlicher.

Er stolperte.

Stürzte.

Verletzte sich an einem Stein.
Von denen unzählige herumlagen.

Rappelte sich wieder auf.
Trat auf einen Schafkadaver.
Würgte.

Irrte weiter.
Keuchend.

Verfing sich in einem alten, niedergerissenen Zaun.
Zerschnitt sich die Hand.
Leckte das Blut von der Wunde.
Und ekelte sich vor dem metallenen Geschmack.

Irgendwann kroch er unter einen Felsblock.
Völlig orientierungslos.
Abgehetzt.

Tränen liefen über seine Wangen.
Ihre Wärme tat gut.
Doch als sie trockneten, juckten sie auf der Haut.

Aus seinem Mund drang ein Seufzer.

Ein langer kehliger Laut.
Fast ein Röcheln.

Als ersticke er an etwas.

Dann schlief er ein –
vor lauter Erschöpfung.

Fanad

Etwas leckte an seiner Hand.

Fühlte sich warm und sehr feucht an.
Nicht unangenehm.

Er schlug die Augen auf und erschrak.

Ein Border Collie leckte über die Wunde an seiner Hand.
Er verscheuchte ihn.

Der Hund wich erschrocken zurück.
Bellte.
Setzte sich hin und starrte ihn an.

Was willst du!, murmelte Sander.
Der Collie bellte erneut.

Sander rappelte sich auf.
Und entdeckte einen schwachen Lichtschein über weit entfernten Hügeln.

Dort also ist Osten, dachte er.
Der restliche Himmel bleigrau.
Und tief.

Abermals bellte der Hund.

Sander sagte: Du willst mich wohl zurückbringen!
Wieder ein Bellen.

Der Collie setzte sich in Bewegung.
Aufgebracht und schwanzwedelnd.

Sander folgte ihm.

Die Angst um Etienne steckte ihm in den Knochen.
Im Herzen.
Er konnte nur mühsam vorangehen.

Das Land lag unberührt.

Früher Nebel hing still und unbeweglich darüber.
In dünnen, lichtgrauen Schwaden.
Hier und da.

Wie Gespenster.

Die Täler, die Hügel – geschwungen.
In unendlich weichen und weiten Bögen.

Linienspiel.

Sinnlich, hatte Etienne gesagt.
Es stimmte.

Er flüsterte: Gott gib, dass sie wieder auftaucht. Dass sie da
ist, wenn ich zurückkomme.

Er versuchte sich nördlich zu orientieren.
Genau dahin, wohin der Hund lief.
Er brachte ihn wohl tatsächlich zurück.

Wie ein verirrtes Schaf.

Ein Geschenk, dieser Hund!, sagte er sich.

Und dachte gleich darauf, dass jetzt vielleicht die Hundsta-
ge begännen.
Vertrieb den Gedanken aber sofort wieder.

Erst jetzt bemerkt er, dass er durch Morast watete.

Dass er bis zu den Knöcheln über eine Art Wasserwiese stapfte.
War ihm gestern Abend gar nicht aufgefallen.
Es schmatzte und quietschte bei jedem Schritt.

In seinen Schuhen stand das Wasser.
Die Klamotten, klamm und dreckig.
Und er fror.

Bis auf die Knochen fror er.

Er versuchte, das Zähneklappern zu verhindern.
Aber es gelang ihm nicht.

So etwas war ihm noch nie passiert –
sich in Irland zu verirren.

Bestimmt hätte er auch ohne den Hund zurückgefunden.
Es gab schließlich die Himmelsrichtungen.

Und die Sonne.
Wenn auch nur als Ahnung.

Doch er war froh über den Hund.

Hinter ihm herzueilen wärmte ihn auf.
Seine Lebensgeister erwachten allmählich.

Er schnaufte laut.
Stapfte schwer atmend hinter dem Hund her.

Und schimpfte.

Fluchte.

Über sich selbst.
Über seine Dummheit.

Sie mussten einen hohen Hügel erklimmen.
Fast ein Berg.

Er fragte sich, ob sie auf dem richtigen Weg waren.
Er konnte sich einfach an nichts erinnern.

Nichts, das ihm irgendwie bekannt vorkam.

Oben, auf dem schmalen Kamm, blies der Wind.
Heftig und kalt.

Er sank auf die Knie.

Erschöpft.
Entmutigt.

Und begann zu beten.

Bat flüsternd, heimzufinden.

Flehte, sie vorzufinden –
sie, Etienne.

Er erhob sich mühsam.
Mit schmerzenden Gelenken.

Und blickte in das Tal.

Eine schreckliche Schönheit offenbarte sich ihm.

Er bemerkte, dass der Hund verschwunden war.
War er überhaupt wirklich da gewesen?

Mit jedem Schritt, den er tat, wuchs die Angst.

Die Angst um Etienne.
Und vor ihrem Verlust.

Und mit jedem Schritt, den er hinab machte, wuchs er in die Landschaft hinein.
Mehr und mehr.

Er verband sich mit ihr.

Verschmolz mit ihr.

Wurde ein Teil von ihr.

Wurde eins mit ihr.

Wurde zu ihr.

Der Traum

Sch ... sch, machte Etienne.

Und legte ihre kühle Hand auf seine verschwitzte Stirn.
Zärtlich.
Fürsorglich.

Er hörte ihre Stimme.

Wie aus einer anderen Welt –
einer anderen Wirklichkeit.

Sie flüsterte: Sander, wach auf, du Murmeltier, du träumst
schlecht.
Sch ...

Solange wir Worte finden,
haben wir einen Weg.

Weitere Titel von Klaus Zeh

Prosa

Taxi *(Roman)*
Mozart oder der Fall des Harlekins *(Roman)*
Lisboa *(Roman)*
Trinity – Irische Begegnungen *(Kurzgeschichten)*
Hey Tonight *(Erzählung)*
Broker *(Roman)*
Strandhill *(Insel Novelle)*
Solange Worte atmen – Notizen aus dem Alltag
Blutschande *(Erzählung)*
Sophia *(Erzählung)*
Wer von beiden *(Dunkelfeld-Episoden)*

Lyrik

Die Leichtigkeit des Windes *(Ostsee-Gedichte)*
An Ufern aus Jade *(Bodensee-Gedichte)*
Pontoon – oder wann immer ich hier sein werde *(Irland-Gedichte)*
Lichtinseln
Liebes Gedichte